Wings and Dreams: The Legend of Angel Falls

Alas y Sueños: La Leyenda del Salto Angel

Story by
Irania Macías Patterson

Illustrations by
Catherine Courtlandt McElvane

NOVELLO festival PRESS

Wings and Dreams: The Legend of Angel Falls
Alas y Sueños: La Leyenda del Salto Angel

Story copyright © 2010 by Irania Macías Patterson
Illustrations copyright © by Catherine Courtlandt McElvane
Book Design by Jacky Woolsey, Paper Moon Graphics, Inc.

13-digit ISBN: 978-0-9815192-4-1
10-digit ISBN: 0-9815192-4-5

Novello Festival Press, Charlotte, North Carolina

Library of Congress Cataloging-in-Publication Data

Patterson, Irania Macías.
    Wings and dreams : the legend of Angel Falls / by Irania Macias Patterson ;
    illustrations by Catherine Courtlandt McElvane — Alas y Suenos :
    La Leyenda del Salto Angel.
        p. cm.
    Summary: A young Pemones Indian boy in Venezuela named Takupí
    courageously tries to seek the source of life-giving water that will save his
    people and finds Angel Falls by following his shaman grandfather's visions
    and befriending a wounded eagle.
    ISBN 978-0-9815192-4-1 (hardback : alk. paper)
    1. Indians of South America—Venezuela—Folklore. 2. Pemón Indians—
Folklore. 3. Angel Falls (Venezuela)—Juvenile literature. [1. Indians of South
America—Venezuela—Folklore. 2. Pemón Indians—Folklore. 3. Angel Falls
(Venezuela)—Folklore. 4. Spanish language materials—Bilingual.]
I. Courtlandt-McElvane, Catherine, ill. II. Title. III. Title: Alas y Suenos.

PZ74.1.P38 2010
398.2—dc22
[E]
                                                            2010028630

Production Date: 08/30/10
Printed by Lifetouch
Batch 58419

I dedicate this book to my mother Juanita for showing me the face of forgiveness; to my aunt Belkys for showing me the face of loyalty; to my sister Dira for teaching me that the most important things are invisible to the eyes; to my children Samuel and Isabella just because they exist. To my Anabella, my Teresa, my Bruce and those who have made me laugh and cry because they inspire me to be an eternal student of life.

Dedico este cuento a mi madre Juanita por enseñarme la cara del perdón , a mi tía Belkys por enseñarme la cara de la lealtad, a mi hermana Dira por enseñarme que lo imprescindible es invisible a los ojos. A mis hijos Samuel, Isabella por existir, a mi Cachi, mi Teresa, mi Bruce quienes me inspiran a ser una eterna estudiante de la vida.

—IMP

To my children Nailah, Daveed and Maia who inspire me to higher heights every day.

A mis hijos Nailah, Daveed y Maia que me inspiran a ser mejor cada día.

—CCM

Once there was a very wise grandfather. His hands were like the branches of the trees, his hair like a flowing black river and his eyes like the sun at dusk. He was called Shaman because he understood the secrets of birds, the reason for drought and rain; he spoke the language of nature. Everyone admired him because he was the only one in the village who could see the invisible colors that people carried within. Colors that tell qualities in human beings.

Erase una vez un abuelo muy sabio. Sus manos eran como las ramas de los árboles, sus cabellos como caudales de ríos negros y sus ojos parecían el sol del atardecer. Le decían el Chamán porque entendía los secretos de los pájaros, el por qué de las sequías y de las lluvias; él hablaba el lenguaje de la naturaleza. Todos lo admiraban porque era el único en la aldea que podía ver los colores invisibles de las personas. Colores que mostraban las cualidades de los seres humanos.

As part of the tradition, all newborns had to be brought before the Shaman so that he might name them according to their surrounding color.

To Shaman was born a new grandson, he was very hale and strong and he cried so, so loud that no one slept the night he was born. When they took him to the Shaman, they asked: "How should we call this one that will not let us sleep?" Shaman looked at him and saw the color of a brave and adventurous warrior. "You will be called Takupí. You will be able to speak the language of any bird. You are strong as a bear, and in your crying I can hear your voice that will be heard beyond our village."

Como parte de la tradición, todo recién nacido era traído al Chamán para que éste le pusiera nombre de acuerdo al color que le rodeaba.

Le nació al Chamán un nieto, muy robusto y fuerte y que lloraba tan, tan duro que nadie durmió la noche en que él nació. Al acercarlo al Chamán, le preguntaron: "¿Cómo se llamará este que no nos deja dormir?" El Chamán lo miró y le vio el color de guerrero valiente y aventurero. "Te llamarás Takupí. Hablarás el lenguaje de los pájaros. Eres fuerte como un oso y en tu llanto percibo tu voz que será escuchada más allá de nuestro pueblo."

7

As he grew, Takupí learned to imitate the language of birds. He really confused them! He hid behind trees, put his hand out and shaped it like a nest. He sang like a little parakeet and made the birds fly down to his hand. The birds thought they found one of themselves until Takupí closed his hand and trapped them. His fingers were full of little bird bites.

Takupí continued to talk with the birds. All the while, the elders talked about their problems.

Al crecer Takupí aprendió a imitar el lenguaje de los pájaros. ¡Cómo los confundía! Se escondía detrás de los árboles y formaba su mano como si fuera un nido. Cantaba entonces como un periquito haciendo que volaran a su mano. Los periquitos pensaban que se habían encontrado con uno de ellos hasta que Takupí cerraba su mano y los atrapaba. Sus dedos estaban llenos de diminutas mordidas de pájaros.

Mientras Takupí hablaba con los pájaros, los ancianos hablaban de sus problemas.

Days passed. Every one in the tribe was weary from hiding from the giants who took away their lands. There were not enough fish in the rivers and the rains were becoming scarce. Shaman became more wrinkled. "War, hunger and thirst must stop," he said. "We must find another place of peace and abundance. My dreams said our home is in the south, to the south of the south. My dreams said the warrior of our tribe must find it now."

Pasaron los días. Todos en la tribu estaban cansados de esconderse de los gigantes que les quitaban sus tierras. No había suficientes peces en los ríos y las lluvias eran escasas. Al Chamán le salían más arrugas. "Guerra, hambre y sed deben parar," él dijo. "Debemos conseguir otro lugar lleno de paz y abundancia. Mis sueños me dicen que nuestro hogar está en el sur, al sur del sur. Mis sueños me dicen que el guerrero de nuestra tribu debe encontrar ese lugar ahora."

Time came and Takupí was called. He sat close and listened to his grandfather.

"To the south lies the promised land of our ancestors, the realm to which we must go. In my dreams and the dreams of our warriors, I have seen the place where we may live in peace. You will recognize this place because you can touch the clouds. You can even play with them. You will find it. Go, son. Start your journey."

Llegó la hora y el día cuando llamaron a Takupí. Se sentó cerca y escuchó a su abuelo.

"En el sur está la tierra prometida de nuestros antepasados, el reino al cual debemos irnos. En mis sueños y en los sueños de nuestros guerreros, he visto el lugar donde podremos vivir en paz. Reconocerás ese lugar porque podrás tocar las nubes. Hasta podrás jugar con ellas. Lo encontrarás. Anda, hijo. Empieza tu viaje."

13

"Take these plugs to stop up your ears and so avoid the song of the Piapoco, the bird who sings the song of nostalgia and longing, for it will remind you of your past and of those you love. If you hear it, you will long to return.

"Take this amulet to protect you against the storms, the anaconda and bushmasters, the jaguar and the fire ants.

"Take this gourd full of magic water. Tie it firmly around your neck and take great care with it, for its miraculous water can heal. Use it with great caution and wisdom; if you misuse it you will never stop it from spilling.

"You carry with you the blessing of your grandfather, of the jungle and of the warriors who have died in search of these promised lands to the south."

"Toma estos tapones para que cubras tus oídos y no escuches el canto del Piapoco, el pájaro que canta la canción de la tristeza y la nostalgia. Esta canción te recordará el pasado y a todos los que amas. Si lo escuchas, querrás regresar."

"Toma este amuleto para que te proteja de las tormentas, de la anaconda y cuaimapiñas, del jaguar y las hormigas del fuego."

"Toma esta tapara llena de agua mágica. Amárrala firmemente a tu cuello y cuídala mucho, pues su agua milagrosa sana. Usala con mucha precaución y sabiduría; si la usas de una forma incorrecta jamás podrás evitar que se desparrame."

"Llevas la bendición de tu abuelo, de la selva y de los guerreros que han muerto en busca de estas tierras prometidas del sur."

Everyone in the village gave Takupí feathers as gifts of goodbye.

Days of intense heat scorched his cinnamon skin. On his journey he encountered other Indians, friends of the journey, who were lost in their quest to find the coveted lands of the south.

Some cloudy afternoons the Piapoco bird sang. All who heard his songs missed their parents and felt sad. They went back to their homes.

Todos en la aldea se despidieron de Takupí regalándole plumas de pájaro.

Días de calor intenso quemaban su piel canela. A su paso encontró otros indígenas, amigos del camino, perdidos también buscando las anheladas tierras del sur.

Algunas tardes nubladas cantaba el Piapoco. Todos los que escuchaban su canto extrañaban a sus padres y se sentían tristes. Y regresaban a sus casas.

One afternoon on the savannah, as dusk approached, Takupí heard a terrible sound. The few friends of the journey who remained in the search believed the giants of the north were invading. So they hid themselves in the adjoining mountains and called Takupí to protect them. Facing his fear, he touched his amulet and headed directly toward the sound.

Una tarde en la sabana, en horas del ocaso, Takupí escuchó un estruendo. Los pocos amigos del camino que quedaban en la búsqueda creyeron que los gigantes del norte los estaban invadiendo. Se escondieron en los montes cercanos y llamaron a Takupí para que los protegiera. Enfrentando su miedo, Takupí tocó su amuleto y se dirigió justo al lugar de donde provenía el ruido.

19

It was the mournful wail of an eagle who had broken one of his wings. His howl echoed across the walls of the verdant mountains. Takupí approached the ailing eagle, and with a few drops of his magic waters from the gourd, he instantly healed the damaged wing. The grateful eagle then swelled his brilliant white breast and spread his wings. And from those majestic wings rain burst forth and bathed the parched land.

In gratitude, the eagle placed Takupí on his back and ferried him to the proud bird's kingdom. They flew over a land of blood-red lakes and brimming waterfalls.

They traveled over flat-topped mountains. Takupí closed his eyes in fear and gasped for breath. He wrapped his arms around the eagle's neck and squeezed his eyes shut to avoid the awesome sight. The eagle flew so fast that Takupí's plugs fell from his ears.

Era el llanto lúgubre de un águila que había roto una de sus alas. Aquel alarido repicaba en las paredes de las montañas frondosas. Takupí se acercó al águila afligida y con unas pocas gotas del agua mágica en su tapara, inmediatamente sanó el ala dañada. El águila agradecida expandió su brillante pecho blanco y extendió sus alas. Y de esas alas majestuosas, reventó la lluvia y bañó toda la tierra sedienta.

En agradecimiento, el águila orgullosa montó a Takupí en su lomo y lo transportó a su reino. Volaron sobre tierras de lagunas de color rojo como la sangre y de cascadas desbordantes.

Viajaron sobre montañas de superficies planas. Takupí cerró sus ojos de miedo y hasta le faltaba el aire. Abrazó el cuello del águila y apretó sus ojos para evitar esa vista tan sobrecogedora. El águila volaba tan rápido que a Takupí se le cayeron los tapones de sus oídos.

Finally, the eagle landed atop the highest mountain of the south. Takupí opened his eyes and realized that he was surrounded by clouds.

He suddenly remembered what his grandfather had told him. "You will recognize this place because you may touch the clouds — you may even play with them."

Takupí shouted with joy and leaped head-long into the valley of clouds. "I have reached the promised land," he bellowed.

Finalmente el águila aterrizó en la cima de la montaña más alta del sur. Takupí abrió sus ojos y se dió cuenta que estaba rodeado de nubes.

Inmediatamente se acordó de lo que le había dicho su abuelo. "Reconocerás ese lugar porque podrás tocar las nubes — y hasta podrás jugar con ellas."

Takupí gritó de alegría y saltó de cabeza hacia el valle de nubes. "He llegado a la tierra prometida," él clamó.

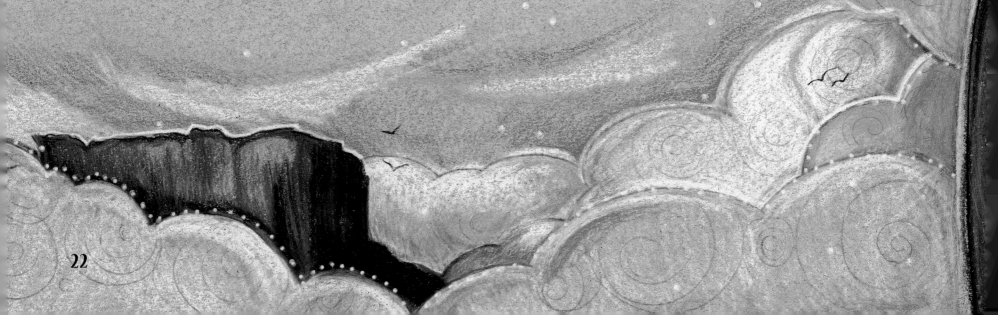

With great excitement he jumped over the rocks on the mountain. He could not stop and tripped on a rock. Then he fell and smashed the gourd with his body. He grabbed at it and tried to hold it together, but it was dashed to pieces. And from his hands rushed torrents of water, waters that grew and grew with abundance.

The waters finally reached the distant bottom of that mountain and became a great waterfall.

Y de tanta algarabía saltaba sobre las rocas de aquella montaña. No se pudo frenar y sin querer tropezó con una roca. Luego se cayó y aplastó la tapara con su cuerpo. La tomó rápidamente y trató de juntarla con sus manos, pero estaba completamente hecha pedazos. Y de sus manos comenzaron a salir caudales de agua, agua que crecía y crecía sin control.

El agua finalmente llegó entonces al distante abismo de aquella montaña y se convirtió en cascada gigante.

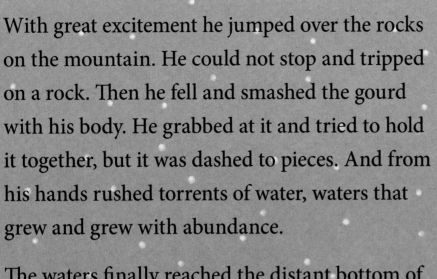

Takupí asked the eagle to gather his people and bring them to settle in the southern lands, right in the spot of the waterfall born in the skies. The eagle and all of his friends from the south flew to the northern lands to bring Takupí's big family.

Takupí le pidió al águila que buscara a su tribu y la trajera para habitar en las tierras del sur, justo en el lugar donde yacía la cascada que salía del cielo. El águila y todos sus amigos del sur volaron a las tierras del norte para traer a la gran familia de Takupí.

27

And on wings the dreams of Shaman became real at the foot of the mountain bathed in magic water. Water that will forever give life to the lands of the south.

Y sobre alas llegaron al pie de la montaña los sueños del Chamán. Sueños y promesas transformados en agua mágica. Agua que siempre dará vida a las tierras del sur.

Discovery of Angel Falls / El descubrimiento del Salto Angel

MIGUEL CHIRINOS

With so many rivers and mountains, South America has some of the world's most spectacular waterfalls. The highest is Angel Falls, which plunges more than a half-mile straight down in Bolivar State, Venezuela.

Indians call Angel Falls "*Kerepakupai-meru*," which means "falls from the deepest place" in Pemon language. Nevertheless, they were named after the American aviator James "Jimmy" Crawford Angel, who flew over them for the first time on November 18, 1933. Returning on October 9, 1937, he landed his small airplane on top of the mountain. But he got stuck in the muddy terrain and could not take off. After a very difficult descent on foot that took eleven days, Angel and his companions arrived exhausted to the valley of Kamarata.

Even though Jimmy Angel is credited for the discovery, the honor actually belongs to Ernesto Sánchez, a retired Venezuelan naval officer who found the falls during a 1910 exploration and recorded his deed in the maps he left in the Casa Blohm, Ciudad Bolívar.

Angel Falls or *Salto Angel* is located in Canaima National Park, the second largest national park in the world. It is a vast region of mythical reminiscences, black water rivers, stormy skies, impenetrables jungles, infinite stillness and imposing walls over which the cascades plunge.

Provista de tantos ríos y montañas, Sur América cuenta con algunas de las cascadas más espectaculares del mundo entero. La más alta es la cascada del Salto Angel que se extiende por más de la mitad de una milla al sur del estado Bolívar, Venezuela.

Los indios llaman al Salto Angel "*Kerepakupai-meru*," que significa "cascada que proviene de lo profundo" en la lengua de los Pemones. No obstante, recibe su nombre a causa del aviador James " Jimmy" Crawford Angel, quien voló sobre este salto por primera vez el 18 de Noviembre del 1933. Aterrizó su pequeño avión encima de la montaña quedándose atascado en el barro impidiendo asi el despegue del avión. Después de la dura travesía que por once días tomó el descenso, Angel y sus compañeros llegaron exhaustos al valle Kamarata.

A pesar de que a Jimmy Angel se le da el crédito por el descubrimiento del salto, el honor realmente lo tiene Ernesto Sánchez, un oficial venezolano retirado de la naval, quien encontró el salto en 1910, exploración archivada en los mapas que dejó en la Casa Blohm, Ciudad Bolívar.

Angel Falls o *Salto Angel* está ubicado en el Parque Nacional de Canaima, el segundo parque nacional más grande del mundo. Es una región vasta de reminiscencia mística, ríos negros, cielos de tormenta, selvas impenetrables, quietud infinita y de paredes imponentes por las que caen las cascadas.

Acknowledgements / Reconocimiento

Thank you to the goddesses of the Luminaires Collective who flowed through and guided me to create from my heart and mind. Mama Saundra, thank you for holding the light and my hand. Many thanks to my mother Dorothy and my sister Cheryl. Your support of my creative endeavors has been unwavering and so greatly appreciated; and Irania, your spirit, friendship and gift of words has truly changed my life.

Gracias a las Diosas de la Iluminación Colectiva quienes fluyen dentro de mi y me guían desde mi corazón y mente a crear. Mama Saundra, gracias por iluminarme y tomar mi mano. Muchas gracias a mi madre Dorothy y a mi hermana Cheryl. El apoyo que me han dado ante todos mis proyectos creativos ha sido constante por lo que me siento agradecida; y a Irania, tu espíritu, amistad y palabras han cambiado mi vida.

—CCM

Thank you Banu Valladares, Jan Notzon, Barbara Cantisano, Beth Hutchinson, Amy Rogers and Miguel, the storyteller, for making this story a reality.

Gracias a Banu Valladares, Jan Notzon, Barbara Cantisano, Beth Hutchinson, Amy Rogers y a Miguel el cuentacuentos por haber hecho de este cuento una realidad.

—IMP

NOVELLO FESTIVAL PRESS

Novello Festival Press is the award-winning publishing project of the Charlotte Mecklenburg Library. Our books are available at area bookstores, online retailers and library branches. For more information visit www.novellopress.org.

CHARLOTTE MECKLENBURG LIBRARY

Charlotte Mecklenburg Library began more than a century ago as a treasured repository of knowledge. Although humankind has evolved to read, explore and acquire knowledge in many new ways since then, one important feature has endured: Our services remain free to all who come to us with a desire to research, learn and experience.

Today, libraries must remain nimble and responsive to the changing needs of our customers. Through the evolution of communication technology, there has never been more information available to more people in human history. We act as a guide through that universe of information, providing access for those who don't have it, and collaboration for those who do. We also provide the building blocks for understanding that information, through the development of literacy, skills for success, and community connections.

Since our founding in 1903, our role as a provider of lifelong education in this community has never been more relevant and timely. We strive to build a highly literate and educated community; to contribute to its economic health, cultural and social capital; and to be highly accessed and cherished. As stewards of the community's trust and resources, we work hard every day to provide valuable experiences. Our customers, staff and supporters inspire us each day to be America's best public library.